Iris y el cachorro de dragón

¡Lee todas
las aventuras del
DIARIO DE UN UNICORNIO!

Diario de un unicornio

Iris y el cachorro de dragón

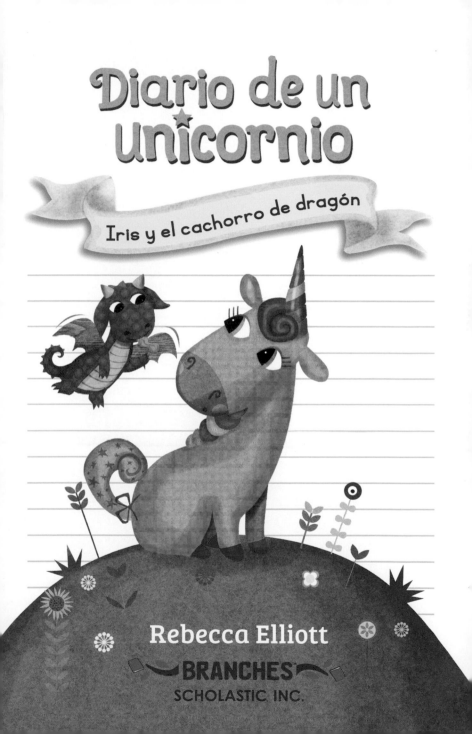

Rebecca Elliott

BRANCHES

SCHOLASTIC INC.

Para Kirsty.
Que siempre creas que los unicornios son reales. Cariños. X – R.E.

Un agradecimiento especial a Kyle Reed
por sus aportes a este libro.

Originally published as *Unicorn Diaries #2: Bo and the Dragon-Pup*

ISBN 978-1-338-76752-0

10 9 8 7 6 5 4 3 2 1   21 22 23 24 25

Printed in China 62
First Spanish printing, 2021

Book design by Maria Mercado

Contenido

¡Hola!

Domingo

¡Hola, diario!

¡Soy yo otra vez! ¡Arcoíris Colarradiante! Puedes llamarme Iris.

¡Me pregunto qué pasará esta semana en el Bosque Destellos!

Por cierto, el Bosque Destellos es donde vivo. Aquí lo tienes:

Cascadas de Arcoíris

Cuevas de los Troles

Claro de Luz

Escuela para Unicornios del Bosque Destellos

Nidos de Dragones

Pradera de los Capullos Florecidos

Monte Blancura

Unicápsulas

Aldea de las Hadas

Laguna de los Reflejos

Castillo de los Duendes

Muchas criaturas mágicas viven aquí...

¡Como los dragones! Nunca he visto uno en persona, pero estas son cuatro cosas que sé de ellos:

Los dragones viven en nidos.

Les encanta lanzar piedras.

Echan fuego por la boca.

Solo comen cosas del color del fuego (como tomates rojos, naranjas doradas y natilla amarilla).

Pero basta de hablar de dragones.

Como puedes ver, soy un unicornio.

El cuerno
¡Sirve para leer en
la oscuridad!

La melena de arcoíris
¡Puede guardar
montones de cosas!

La pancita
¡Está llena de comida
de colores brillantes!

Los cascos
¡Sueltan arcoíris
cuando bailamos!

Los unicornios somos mucho más que un cuerno radiante. Aquí te van algunos **UNIDATOS** divertidos:

Cada uno de nosotros tiene un Poder de Unicornio diferente. Yo soy un Unicornio Complaciente.

¡Puedo conceder un deseo por semana!

Estornudamos purpurina.

¡ACHÍS!

Vivimos juntos en **UNICÁPSULAS**.

No nos salen bien las volteretas.

¡UF!

¡Adoro la Escuela para Unicornios del Bosque Destellos! E.U.B.D. es mi escuela y mi hogar.

Este es mi MEJOR amigo, Jocoso Arándano. Él es un Unicornio Transparente. ¡Puede hacerse invisible!

Aquí están todos mis amigos y nuestro maestro.

Jacinto   Nuez Moscada   Pippa   Sr. Titilo

Escarlata   Jocoso   Yo   Matías

¡Sus poderes son **BRILLOGENIALES**!

Unicornio
Sanador

Unicornio
Chirimbolo

Unicornio
Volador

Unicornio
Climático

Unicornio
Cambiatamaño

Unicornio
Transformador

Estudiamos materias **BRILLANTÁSTICAS** como:

CRIATURAS MÁGICAS

COCINA COLORIDA

CUIDADO DEL CUERNO

$1+1+1+1+1=$

MATEMÁTICAS

Cada uno de nosotros tiene una manta especial para insignias que representan lo aprendido hasta el momento. Cada semana, el Sr. Titilo anuncia qué nueva insignia nos debemos ganar. ¡Trabajamos duro toda la semana para lograrlo!

¡Estoy impaciente por saber cuál será la insignia de esta semana!

Unicornios detectives

Lunes

¡Diario, mis amigos y yo hicimos un descubrimiento ESTREMECEDOR esta mañana! ¡Al despertar, la manta de insignias de Matías había DESAPARECIDO!

Te ayudaremos a encontrarla.

Estaba aquí cuando me fui a dormir.

Buscamos por la unicápsula.

Luego buscamos por el bosque cerca de la escuela.

¡Pero no la encontramos!

Fuimos trotando a casa del Sr. Titilo para darle la mala noticia. ¡Allí hicimos otro descubrimiento súper estremecedor!

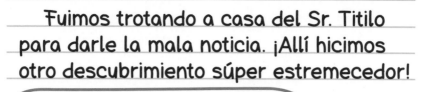

¡Sr. Titilo! Sus gafas lucen, este, diferentes. ¿Dónde están sus gafas normales?

¡Buena pregunta! Estaban en mi mesita de noche cuando me fui a dormir, pero ¡al levantarme ya no estaban! Por eso estoy usando otro par.

¿Sus gafas también se perdieron?

Le contamos al Sr. Titilo de la manta desaparecida de Matías. Luego vimos si faltaba algo más.

¡Las pantuflas de Nuez Moscada también habían desaparecido!

¡Una manta de insignias perdida! ¡Gafas perdidas! ¡Y pantuflas perdidas! ¡Se debe de haber colado un ladrón mientras dormíamos!

Pero ¿quién se robaría esas cosas?

Escarlata, ¡esa es la pregunta perfecta para comenzar la semana! Verán, ¡esta semana deberán ganar la insignia de DETECTIVE! Trabajen en conjunto para resolver el misterio y todos recibirán una nueva insignia en el desfile del viernes.

Escarlata usó su poder de chirimbolo para hacer aparecer sombreros de detective y lupas para todos.

Luego salimos a buscar pistas. ¡Yo encontré la primera!

¡Miren!

La ventanita de arriba de nuestra unicápsula estaba abierta.

¡El ladrón debe de ser buen saltador!

O ser muy alto.

O quizás puede volar.

Matías encontró otra pista.

Analizamos las sobras.

Durante el almuerzo hojeamos nuestros libros de CRIATURAS MÁGICAS.

Rápidamente ideamos un plan.

¡Vayamos mañana a cazar dragones!

Eso suena peligroso.
¿Por qué primero no le
preguntamos al Sr. Titilo?

No. Para ganarnos la insignia
tenemos que resolver este
misterio por nuestra cuenta.

Jacinto tiene razón.
Además, no nos
acercaremos.

Solo los espiaremos
para ver si tienen nuestras
cosas, ¡y después se lo
diremos al Sr. Titilo!

Jocoso y yo no podíamos dormir de la ansiedad. ¡Nunca antes nos habíamos acercado a un dragón!

> Me pregunto cómo serán.

> ¡Apuesto a que son ENORMES y MALOS!

> Ay, no digas eso. No voy a ir si tengo mucho miedo.

> No te preocupes. Estaremos juntos.

Diario, ¡ya tengo ganas de ir a cazar dragones!

3

La caza del dragón

Nos levantamos temprano para salir a buscar dragones.

¡Miren!

¡Huellas de dragón!

Seguimos las huellas hasta que desaparecieron.

De pronto, Nuez Moscada nos llamó.

Miramos las copas de los árboles.

¡Seguro lo hizo un dragón ECHAFUEGO!

¡Hay <u>muchas</u> hojas quemadas!

¡Guíanos, Nuez Moscada!

¡Nos internamos en el bosque hasta escuchar un **RUGIDO**! ¡Unas llamas anaranjadas se elevaron al cielo!

Nos escondimos tras unas piedras y desde allí vimos...

¡Tres dragones ENORMES! Echaban fuego y se lanzaban piedras. ¡Habíamos encontrado los nidos de los dragones!

Todos estábamos asustados. ¡Me temblaban los cascos!

Comenzamos a hablar en susurros.

Cuando Jacinto nos guiaba de regreso, Pippa lanzó un grito y pegó un brinco.

Miramos por todos lados.

No hay nadie más aquí.

Tal vez estés nerviosa después de ver esos temibles dragones.

¡SÉ que alguien me jaló la cola!

Seguimos trotando por el bosque, pero pronto ocurrieron más cosas raras.

Un montón de hojas voló hacia Matías.

Escuchamos unas risitas en los árboles.

Entonces, ¡un DRAGÓN saltó delante de nosotros!

¡¡¡GRRR!!!

¡Vimos que solamente se trataba de un cachorro! ¡Rodó por el suelo, riéndose!

Miré al cachorro de dragón y me di cuenta de tres cosas:

1. El dragoncito podía volar.

2. Era lo suficientemente pequeño para caber por la ventana de la **UNICÁPSULA**.

3. ¡Estaba mordisqueando una zanahoria!

¡TÚ ERES el que estábamos buscando!

El cachorro de dragón se rio y batió las alas. Parecía querer que jugáramos con él.

¡A que no me atrapan!

¡Regresa!

Nos pasamos el resto del día persiguiéndolo por el bosque. ¡Era veloz y muy bueno escondiéndose!

A veces se nos acercaba con sigilo y luego salía volando.

¡Saltó a las Cascadas de Arcoíris y nos salpicó!

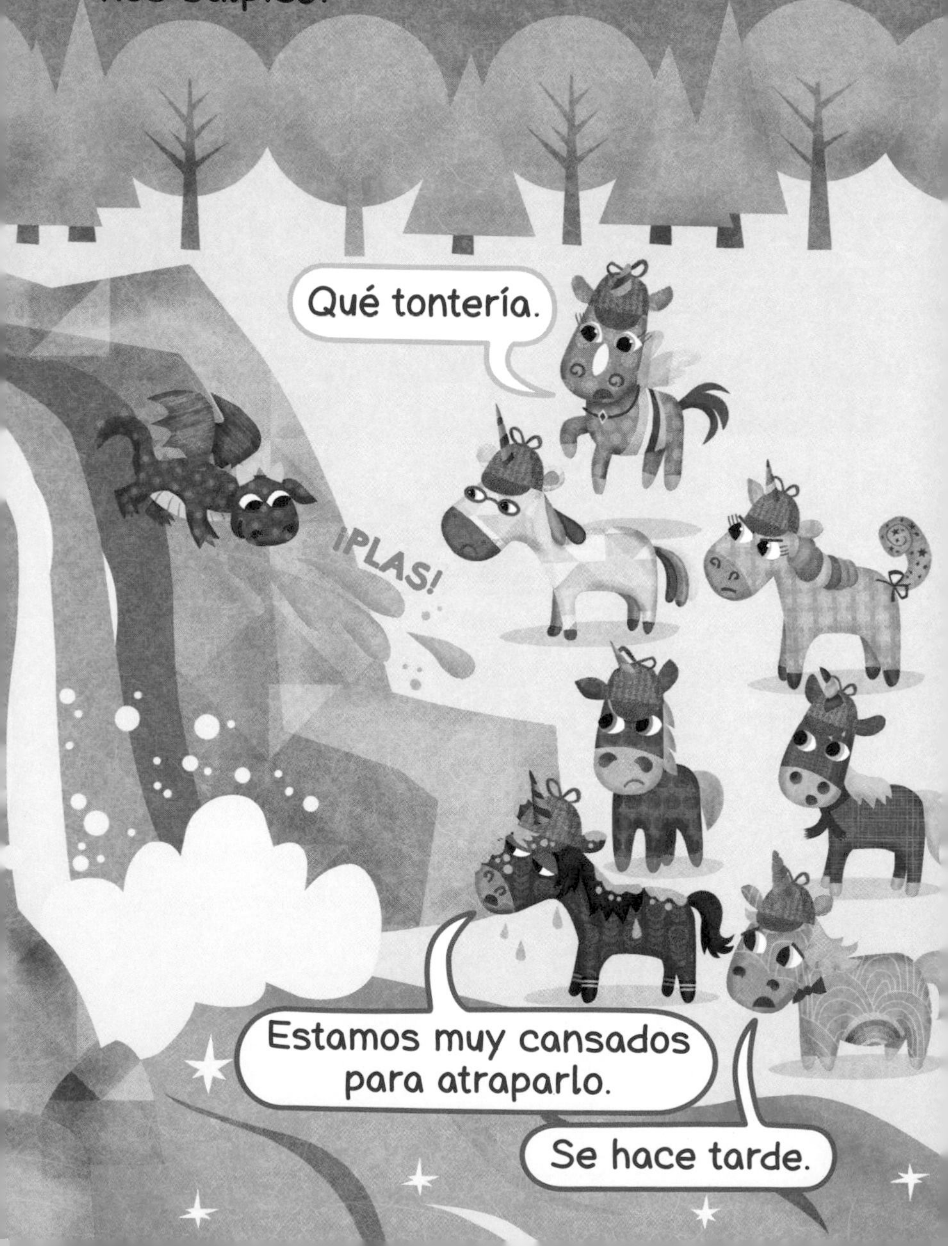

Decidimos regresar a casa y volver a intentarlo mañana.

¡Ese cachorro es muy travieso!

Lo es, pero ¿y si no es el ladrón?

¿Eh?

¿Por qué un cachorro de dragón querría nuestras cosas?

Hum. No estoy seguro. Revisemos todas las pistas.

Pensamos en las pistas que teníamos.
A la hora de **NUBECEAR**, se me ocurrió
algo que no había pensado antes.

Pero hoy vimos al cachorro de dragón comiéndose una zanahoria. Si él no se robó nuestras cosas, ¿por qué huyó cuando intentamos hablarle?

No lo sé.

No podemos echarle la culpa sin <u>saber</u> que es el ladrón.

Tendremos que hallar pruebas.

Me preocupa que no resolvamos el misterio y no nos ganemos las insignias de DETECTIVE. Ay, diario, ¡no sé qué pensar! Nos fuimos a dormir muy confundidos.

4

La trampa

Esta mañana volvimos trotando a los nidos de los dragones.

¡Estén atentos por si ven la manta de Matías, las gafas del Sr. Titilo y las pantuflas de Nuez Moscada! Si vemos al cachorro de dragón con esas cosas, <u>sabremos</u> que es el ladrón.

¡También si ven algún conejo!

Volvimos a ocultarnos tras las piedras.
Los dragones grandes estaban afuera,
pero hoy no lucían temibles. ¡Parecían
tristes y preocupados!

Ojalá pudiéramos
escuchar lo que dicen.

¡Tengo una idea!

¡Y yo!

Jocoso y Matías usaron sus poderes para acercarse a los dragones y escuchar lo que decían.

Luego regresaron galopando.

Almorzamos en el Claro de Luz.
Estábamos preocupados por el
dragoncito, aunque hubiera sido él
quien tomó nuestras cosas.

Es culpa nuestra.

Tenemos que traer a
Chamusco de vuelta.

Pero ¿cómo encontrarlo?

Si Chamusco **es** el ladrón, creo que sé cómo atraerlo. ¡Haremos que **él nos** encuentre!

Fuimos trotando a las Cascadas de Arcoíris, el último lugar donde vimos a Chamusco, e hicimos un montoncito con los sombreros de detective y las lupas.

¡Espero que esto atraiga al ladrón!

Jocoso y Matías usaron sus poderes de nuevo para quedarse cerca del montoncito, ¡listos para atrapar al ladrón!

Era un plan **BRILLANTÁSTICO**, ¿verdad, diario? ¡Y funcionó! Aunque no como había esperado...

Cuando Jocoso y Matías se apartaron, pudimos ver a quién habían atrapado, y no era Chamusco.

¡Así que el ladrón ERA un conejo!

Pero Pippa tampoco tenía la razón del todo porque el conejo no era en verdad un conejo. ¡Era el Sr. Titilo!

¡Enseguida aparecieron nuestras insignias de DETECTIVE!

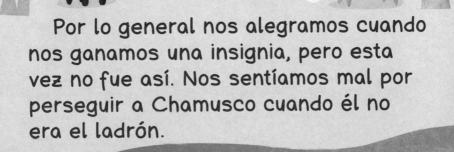

¡CHISPAS!
¡CHISPAS!
¡CHISPAS!
¡CHISPAS!
¡CHISPAS!
¡CHISPAS!
¡CHISPAS!

Por lo general nos alegramos cuando nos ganamos una insignia, pero esta vez no fue así. Nos sentíamos mal por perseguir a Chamusco cuando él no era el ladrón.

El Sr. Titilo nos preguntó qué pasaba, y le contamos sobre la pista de la zanahoria, la persecusión del dragoncito y la desaparición de Chamusco.

La familia de Chamusco está preocupada por él.

Cielos. ¡No sabía que habían estado persiguiendo dragones! Fueron muy valientes. Se me ocurre que su próxima tarea como detectives debe ser averiguar cómo arreglar este problema.

Nos pusimos los sombreros y conversamos todo el camino de vuelta.

¡Hay que encontrar a Chamusco!

¡Hay que llevar a ese cachorro a su casa!

Diario, espero que Chamusco esté bien. Es un poco travieso, pero es solo un dragoncito. ¡Mañana TENEMOS que encontrarlo!

5

El cachorro de dragón perdido

Jueves

Esta mañana buscamos por el bosque durante horas. Finalmente encontramos unas pequeñas huellas de dragón y las seguimos hasta la Aldea de las Hadas.

¡Hola, hadas! ¿Han visto un cachorro de dragón?

Por el camino encontramos otras criaturas que habían visto a Chamusco.

¡Un dragoncito me salpicó! Luego se rio y se fue por ahí.
¡Chamusco ha estado haciendo de las suyas!
Hay que encontrarlo pronto... ¡antes de que moleste a alguien más!

¡Finalmente encontramos a Chamusco!

Me senté junto a él.

¡Hola! ¡Soy Iris!

Todos nos presentamos.

¿Te perdiste porque te perseguimos?

¿Qué? No.

Entonces, ¿por qué no has ido a tu casa?

Y ¿por qué has estado causando tantos problemas en el bosque?

Chamusco nos dijo que no estaba tratando de huir ni de ser travieso...

¡Solo quería a alguien con quien jugar!

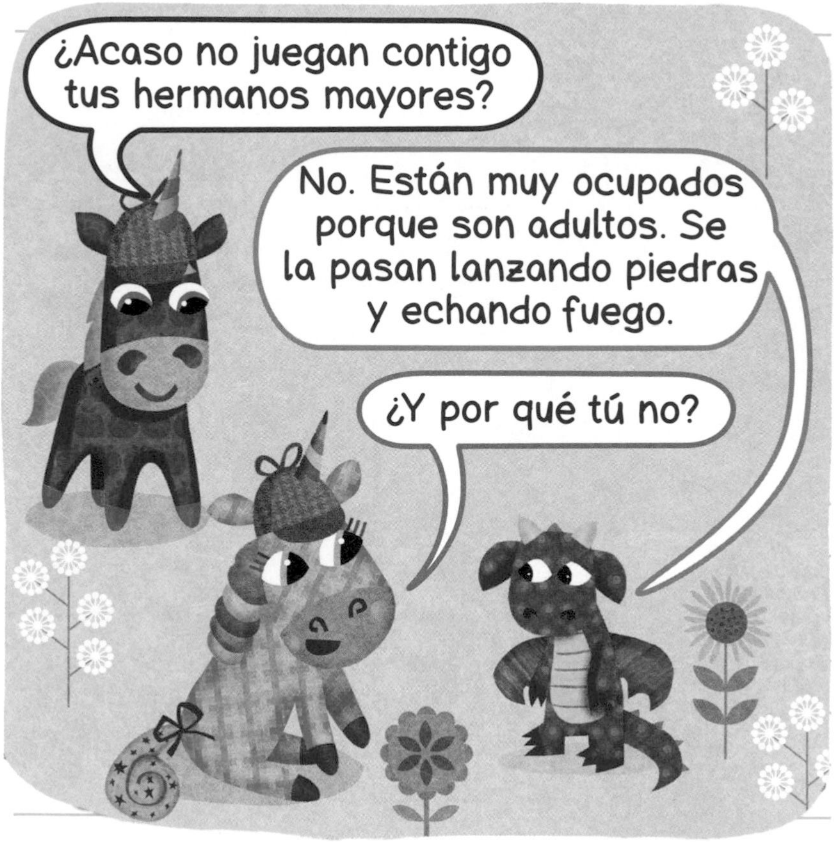

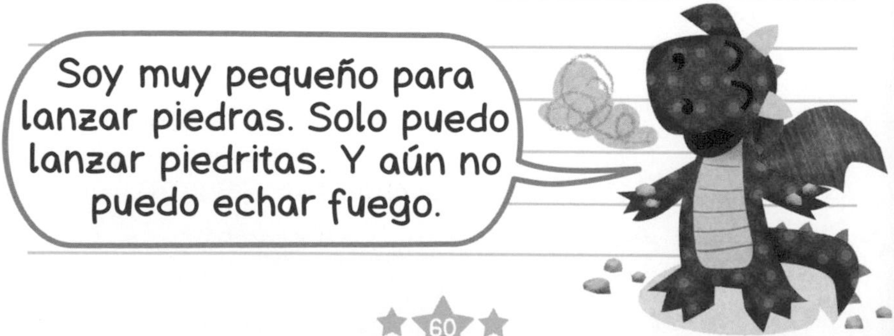

Le dijimos a Chamusco que su familia lo extrañaba y estaba preocupada por él.

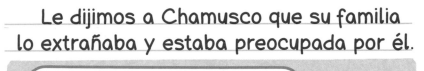

Me quiero ir a casa, pero no me sé el camino de regreso.

Te llevaremos.

¡Vamos! ¡Atrápanos si puedes!

Jocoso me preguntó algo mientras corríamos hacia los nidos de los dragones.

¿No te da miedo conocer a los dragones grandes?

Un poco. Espero que no nos echen la culpa de que Chamusco haya huido.

¡Los dragones no nos dieron miedo!
¡Estaban <u>muy</u> felices de ver a Chamusco!

También nos abrazaron muy fuerte.

¡Muchas gracias por traer a Chamusco de vuelta a casa!

De nada.

Chamusco, disculpa que estuviésemos ocupados, ¡pero te estábamos preparando una sorpresa! ¡Ven a verla!

¡Los dragones destaparon algo **BRILLANTÁSTICO**!

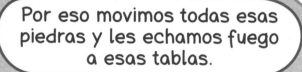

Chamusco nos pidió que jugáramos
con él, y eso hicimos hasta el anochecer.
También lo invitamos al Desfile de las
Insignias de mañana, y él aceptó: ¡YUPI!

Lluvia de arcoíris

6

Viernes

Todos estábamos emocionados con el desfile. En cuanto llegó Chamusco, nos acercamos a saludarlo.

Chamusco, ¿jugaron tus hermanos contigo?

¡Sí! ¡Nos estamos divirtiendo mucho en mi casa del árbol! Solo QUISIERA poder echar fuego como ellos.

Jocoso me hizo un guiño. ¡Entonces supe qué debía hacer! Meneé la cola...

Chamusco, ¡tu deseo ha sido concedido!

¡Chamusco echó unas llamas enormes con los colores del arcoíris!

¡Mi fuego es tan colorido! ¡Me encanta! ¡Gracias!

¡Esas llamas fueron hechas con magia de unicornio! Echarás fuego de dragón de verdad cuando crezcas.

Desfilamos junto al Sr. Titilo y recogimos nuestras insignias de DETECTIVE.

Me siento muy orgulloso de ustedes. Fueron grandes detectives esta semana y también ayudaron al cachorro de dragón.

¡El Sr. Titilo le dio una insignia especial a Chamusco!

Esta es una insignia de JUEGO. Quiere decir que puedes jugar con los unicornios cuando quieras... ¡siempre que te portes bien!

¡Gracias! Y no se preocupe, ¡no soy travieso!

Pero entonces, ¡Chamusco se emocionó TANTO que echó fuego por accidente e incendió los adornos del desfile!

Huy... ¡lo siento!

¡No te preocupes! ¡Yo lo arreglo!

Jacinto usó su Poder de Unicornio para hacer llover y apagó el fuego enseguida. Pero ¡las llamas mágicas de Chamusco hicieron que la lluvia se volviera de los colores del arcoíris! ¡Todos bailamos bajo la lluvia!

¡Fiu! ¡Esta ha sido una semana **BRILLANTÁSTICA**! ¡Todos tenemos una nueva insignia Y un nuevo amigo fogoso!

¡Diario, te veo en la próxima!

Rebecca Elliott no tendrá un cuerno mágico ni podrá estornudar purpurina, pero aun así tiene mucho en común con un unicornio. Siempre trata de tener una actitud positiva, es risueña y, además, vive con algunas criaturas realmente increíbles: su esposo guitarrista, sus hijos escandalosos y encantadores, unos pollos locos y un gato gordo y perezoso llamado Bernard. Tiene la oportunidad de pasar el tiempo con estas criaturas divertidas mientras escribe historias para ganarse la vida, por eso piensa que su vida es realmente mágica.

Rebecca es la autora de JUST BECAUSE, MR. SUPER POOPY PANTS y la serie por capítulos DIARIO DE UNA LECHUZA, un *bestseller* de *USA Today*.

Diario de un unicornio

¿Cuánto sabes acerca de "Iris y el cachorro de dragón"?

Jocoso y Matías espían a los grandes dragones para oír lo que dicen. ¿Cómo los ayudan sus Poderes de Unicornio para mantenerse ocultos?

Los unicornios hablan con muchas criaturas diferentes mientras buscan a Chamusco (mira las páginas 55-57). Haz una lista de todas las criaturas que encuentran.

Piensa en alguna vez en que alguien haya estado muy ocupado para jugar contigo. ¿Cómo te sentiste? ¿Qué hiciste?

Los unicornios les tienen miedo a los dragones. ¿Crees que deben preocuparse? ¿Cómo son los dragones en realidad?

¡La familia de Chamusco le construyó una casa en el árbol! Dibuja una casa en un árbol en la que te gustaría jugar. ¿Tiene un columpio como la de Chamusco?

3119202263113